EN EL MUSEO ENCANTADO
Un libro sobre los sonidos

Basado en un episodio de la serie de dibujos animados,
producida para la televisión por Scholastic Productions, Inc.
Inspirado en los libros del *Autobús mágico*,
escritos por Joanna Cole e ilustrados por Bruce Degen.

SCHOLASTIC INC.
New York Toronto London Auckland Sydney

*TV tie-in book adaptation by Linda Ward Beech
and illustrated by Joel Schick.
TV script written by John May,
Kristin Laskas Martin, and Jocelyn Stevenson.*

ISBN 0-590-20549-8

12 11 10 9 8 7 6 5   8 9/9 0/0

Printed in the U.S.A.   24

First Scholastic printing, January 1995

Estábamos en la clase de la señorita Frizzle, ensayando el concierto para el Museo de los Sonidos, cuando nos dimos cuenta de que algo no sonaba bien. Era el instrumento que Carlos había inventado. Era algo digno de verse, pero, como bien decía Ralphie, sonaba fatal.

—¿Cómo vamos a tocar "Concierto para un nuevo instrumento" con ese ruido?

La señorita Frizzle no parecía preocupada, todo lo contrario.
Le daba ánimos a Carlos diciéndole: "Persevera y verás cómo lo
logras". Se nos hacía tarde para el ensayo, así que nos hizo subir
al autobús de la escuela. Teníamos que darnos prisa para llegar al
Museo de los Sonidos.

Durante el trayecto, Carlos afinaba su instrumento.

—No suena nada bien —dijo Dorothy Ann.

—Tiene que dedicarle más tiempo —afirmó Tim.

En ese preciso momento, el autobús empezó a hacer cosas extrañas, lo cual sucedía con frecuencia cuando la señorita Frizzle iba al volante.

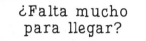

De repente, el autobús se recalentó.

—Nos hemos parado —dijo Phoebe.

—No llegaremos a tiempo para el ensayo —añadió Dorothy Ann.

—¡Empujemos el autobús todos a la vez! —ordenó la señorita Frizzle.

Carlos no llegará a ninguna parte.

¿Y qué me dices de nosotros?

¡PUM-PUM!

¡SISSS!

Mientras todos empujábamos, Carlos se esforzaba por mejorar su instrumento. Éste tenía cada vez mejor aspecto, pero sonaba cada vez peor. De pronto, oímos unos ruidos muy extraños; algunos verdaderamente *espantosos*.

Los sonidos procedían de una vieja casona. Por supuesto, a la Friz le encantaron. Incluso, le parecían melodiosos, de modo que ya no había posibilidad alguna de regresar al autobús.

—¡Arriésguense! —gritó la maestra—. ¡No tengan miedo de equivocarse!

¡TUIII!

¡TUIII!

¡Este lugar me da grima!

Ese cacharro cada vez me parece más confortable.

La señorita Frizzle llamó a la puerta.

—¡Escuchen esos sonidos! Me gustaría saber de dónde vienen —dijo Carlos.

—Ya sabía yo que hoy hubiera debido quedarme en casa —dijo Arnold.

La puerta se abrió de golpe, y Carlos y la señorita Frizzle entraron en la casa seguidos por el resto de la clase.

—Holaaaa —llamó la señorita Frizzle.

—Holaaaa —le contestó su misma voz.

Nadie salió a recibirnos. De pronto, la puerta se cerró de golpe y no pudimos volver a abrirla. Estábamos atrapados dentro de la casa.

—Aquí hay una guía telefónica —dijo Dorothy Ann—. Quizá podamos pedir auxilio. Dorothy Ann abrió la guía y sonó un timbre. Cuando la señorita Frizzle abrió otros libros pudimos oír el sonido de una sirena, rugidos, murmullos, gritos y risotadas.

—¿Quién vivirá en esta casa? —preguntó Keesha con nerviosismo.
Su propietaria era la profesora Cornelia C. Contralto, y la
señorita Frizzle nos contó muchas cosas sobre ella:

—Cornelia era una excéntrica que coleccionaba toda clase de
sonidos. No se sabía nada de ella desde hacía unos cien años.

Y, pensándolo bien, ¿quién iba a querer vivir en esta casa?

—Niños —dijo la señorita Frizzle—, estamos en el Museo de los Sonidos. La noticia nos sorprendió porque el museo nunca estaba abierto por la noche, ¡y nosotros estábamos dentro!

—Tenemos todo el museo para nosotros —dijo la señorita Frizzle.

—¡Estupendo! —dijo Carlos.

Pero no a todos les parecía divertida la situación. A Ralphie le preocupaba la profesora Cornelia C. Contralto.

—Apuesto a que es un fantasma —dijo—. Quizá ronda por la casa en busca del sonido perfecto.

Su idea era bastante acertada, porque la casa estaba llena de sonidos increíbles.

¡RRRR!

Llegó la hora de dormir. Por suerte, había suficientes camas para todos. Nos metimos debajo de las colchas. Carlos no podía dormir pensando en su instrumento. Desesperado, pidió ayuda a la profesora Contralto:

—Cornelia, si me escucha, ayúdeme, por favor, para que mi instrumento suene bien.

De repente, oímos un ruido extraño.
Era como si algo o alguien le hubiera respondido a Carlos.
Éste salió corriendo del cuarto para ver quién era, y nosotros
fuimos trás él. Antes de que pudiéramos impedirlo, Carlos
abrió la puerta...

...y nos encontramos en una habitación extrañísima.
Se oían todo tipo de sonidos. Pasamos de una selva a una
cordillera, y allí estaba la señorita Frizzle cantando. El canto,
debido al eco, retumbaba de montaña en montaña.

De allí, pasamos al Salón Gigante. Había muchos instrumentos de tamaño gigantesco. Dorothy Ann pulsó la cuerda de un arpa y ésta se movió hacia adelante y hacia atrás, emitiendo un sonido musical.

—Este movimiento es una vibración —nos explicó la señorita Frizzle.

—Cuando la cuerda deja de vibrar, también cesa el sonido —añadió Keesha.

—¿Todos los sonidos se producen por medio de vibraciones? —preguntó Carlos.

Casi al instante, pudimos obtener la respuesta. Cuando Tim y Phoebe tocaron el tambor, haciéndolo vibrar, y Wanda hizo sonar el platillo, ¡no sólo oyeron el sonido, sino que lo sintieron!

¡BONG!

¡Para!

¡No puedo parar!

La señorita Frizzle tocó una campana gigante. La habitación comenzó a vibrar, lo que hizo que la pared se agrietara. Por la abertura pasamos al escenario.

La señorita Frizzle le dio a Carlos unos extraños anteojos que parecían ser mágicos.

—Puedo *ver* las ondas sonoras —gritó Carlos—. Se parecen a las ondulaciones de una laguna. Un círculo dentro de otro, desplazándose hacia afuera.

¡Vaya a saber de qué *onda* habla!

Todos nos pusimos los anteojos mágicos. Era divertido producir sonidos y ver las vibraciones. Las ondas comenzaban en un punto y avanzaban en todas direcciones.

La señorita Frizzle nos enseñó otras cosas. Primero, cantó una nota aguda y vimos cómo los círculos se unían más. A continuación, cantó una nota grave y los círculos se separaron.

—Los sonidos agudos se producen por medio de vibraciones rápidas, mientras que los sonidos graves son el resultado de vibraciones más lentas —nos explicó.

De repente, Carlos lo había comprendido todo.

—Lo importante no era la *apariencia* del instrumento, sino que éste pudiera *vibrar*.

Corrió en dirección al cuarto y cuál no sería su sorpresa al comprobar que su instrumento había desaparecido.

¡Oh!

Todos estábamos nerviosísimos. De repente, escuchamos ruidos extraños y se apagaron las luces.

—Los ruidos proceden de ese armario —dijo Dorothy Ann.

Carlos abrió la puerta del armario y desapareció de nuestra vista: ¡Había caído en una caverna!

La Friz no parecía preocupada. Todo lo contrario. Saltó a la caverna al tiempo que gritaba:

—¡Síganme!

Era una idea disparatada, pero, al fin y al cabo, ella era la maestra. Al instante, estábamos todos en el fondo de la caverna.

Los sonidos rebotaban en las paredes del largo pasillo. Decidimos seguir el movimiento de las ondas sonoras hasta el final del corredor.

Los sonidos nos llegaban a través de una puerta. Carlos fue hacia ella y la abrió. Daba a una habitación donde había una persona sentada ante un órgano. Era Cornelia C. Contralto III, biznieta de la famosa Cornelia. De repente, Cornelia sacó, de detrás del órgano, el instrumento de Carlos.

¡Me parece que lo he visto antes!

Carlos comprendió al instante lo que tenía que hacer y
comenzó a quitarle cosas y más cosas a su instrumento.
—¡Con tantas cosas, no puede vibrar!—exclamó.

¡Bravo! ¡El concierto fue un gran éxito!
Todos quedaron maravillados con los sonidos que brotaban del
instrumento de Carlos. A Cornelia le gustó tanto que le pidió
a Carlos que se lo dejara. Le explicó que ningún Museo de los Sonidos
podría prescindir de un instrumento como aquél. ¡Y era cierto!

Una divertida llamada.

¡Oh,no! ¡Otra vez está sonando ese teléfono! ¿Quién será?

Autobús mágico: Hola.

Interlocutor: Creo que esta vez le has dado demasiadas alas a tu imaginación.

Autobús mágico: No sé a qué te refieres. Todo lo que está escrito en este libro es cierto.

Interlocutor: No me digas que el timbre de la puerta es real.

Autobús mágico: Bueno, quizá tengas razón. Pero, no deja de ser una magnífica idea.

Interlocutor: ¡No pensarás que los lectores van a creerse que esos sonidos puedan salir de los libros!

Autobús mágico: No. En realidad, no es cierto.

Interlocutor: Y los sonidos tampoco pueden verse, ¿verdad?

Autobús mágico: No. Por eso los niños tuvieron que ponerse anteojos mágicos. Pero, todo lo demás es cierto.

Interlocutor: ¿Y qué me dices de los fantasmas? Los fantasmas no existen.

Autobús mágico: Por supuesto que no.

Interlocutor: Para terminar, te diré que no creo que ningún autobús escolar sea mágico.

Autobús mágico: Desde luego que no, pero te apuesto a que te encantaría que lo fueran.

¡Deja volar tu imaginación!

Apuntes de la señorita Frizzle

¡Arriésgate! ¡No tengas miedo de equivocarte!

El sonido se origina cuando algo se mueve o vibra.
Coloca varias gomas elásticas de diferente grosor
alrededor de un libro y tira de ellas. ¿Cuál produce
un sonido más agudo, la más gruesa o la más delgada?

Las vibraciones de los sonidos viajan igual que las ondas.
Deja caer una moneda en un cubo de agua. Los círculos
que ves son como las ondas sonoras y, al igual que éstas,
se mueven hacia afuera. Busca las ondas sonoras en este libro.

Los oídos reciben los sonidos. El cerebro les da significado.
Los sonidos ayudan a las personas a comunicarse. Escucha los
sonidos a tu alrededor. Produce sonidos cantando o hablando.
¿Cuántas clases de sonidos hacen la señorita Frizzle
y los niños?

Algunos animales se valen de los sonidos para ver.
Los murciélagos no pueden ver bien, pero se valen de radares
para guiarse. Busca los murciélagos que aparecen en este libro.

Tú puedes dirigir el sonido. Si hablas dentro de un tubo
o de un vaso, con las manos alrededor de la boca, comprobarás
que las ondas sonoras entran en el tubo sin posibilidad
de escaparse. Busca los instrumentos musicales, que aparecen
en este libro, que pueden guiar los sonidos.

señorita Frizzle